AF336109

DISSERTATION

SUR

LA RELIGION

DE

MONTAIGNE.

PAR DOM DEVIENNE.

PRIX, DOUZE SOLS.

A BORDEAUX,

Chez les Libraires.

Et se trouve, à Paris,

Chez CRAPART, Libraire, rue Vaugirard.

M. DCC. LXXIII.

AVEC PERMISSION.

AVERTISSEMENT.

J'AI fait connoître dans le premier volume de l'Histoire de Bordeaux, ce que je pensois de la Religion de Montaigne. Quelques personnes ont remarqué que cet objet n'avoit pas été suffisamment approfondi, & que, m'éloignant de l'idée commune, je laissois encore des doutes. J'écris pour les détruire. Je me propose de prouver dans cette Dissertation, qu'un homme qui a été honoré par deux de nos Rois, de leur estime & de leur confiance, & dont la mémoire est particuliérement chere à cette Ville, n'étoit ni un athée, ni un impie ; qu'il n'a jamais eu intention d'attaquer la Religion ; qu'il n'y a rien dans ses écrits qui la combatte ; qu'on y trouve, au contraire, quantité de passages qui démontrent la nécessité d'une révélation, & la divinité du Christianisme.

Les Voyages de Montaigne, qui sont

sur le point de paroître, donneront une nouvelle force à ce que je dis pour sa défense, & le Discours à qui l'Académie de Bordeaux réserve un de ses prix, achevera de détruire le préjugé qui ternit la réputation d'un homme célebre.

On dira peut-être que les passages de Montaigne, que je cite en faveur de la Religion, ne prouvent rien, & qu'il s'en trouve d'aussi forts dans les ouvrages les plus décriés. Si l'on me montre un seul texte de ce Philosophe, qui détruise ceux que je produits, je suis prêt à convenir que j'ai pris la défense d'une mauvaise cause.

Montaigne n'a pas été jugé par son siecle comme il l'est par le nôtre. Nos Philosophes consentiroient sans peine que l'Auteur des Essais passât pour Chrétien, s'il avoit moins de génie. Quant à ceux qui ne sont pas Philosophes, & qui le condamnent, la plûpart ne l'ont pas lu, & prétendent être ses juges.

DISSERTATION

SUR

LA RELIGION

DE

MONTAIGNE.

LES opinions les plus généralement reçues ne font pas toujours les plus incontestables. Je me propose de donner une nouvelle preuve de cette vérité d'expérience, en détruisant une opinion qui a jetté les plus profondes racines. Rien n'est plus décrié que la Religion de Montaigne. Celui qui professeroit hautement de n'avoir d'autres sentimens que ceux de ce Philosophe, verroit bientôt tomber sur lui les foudres & les anathêmes ; on ne lui accor-

deroit pas même les premiers élémens
de la raison : car qu'y a-t-il de plus dé-
raisonnable que de contester les principes mêmes de nos connoissances ,
sentiment qu'on s'est plu particuliérement à attribuer à Montaigne ? Je vais
prouver que cette idée n'a aucun fondement. J'indiquerai ensuite les prin-
cipales causes d'une opinion si injurieuse
à ce Philosophe.

Si l'irreligion de Montaigne étoit
prouvée, elle seroit la chose du monde
la plus surprenante. Ce Philosophe avoit
le sens droit, une pénétration admirable, & il parloit comme il pensoit. Or
l'incrédulité jointe à l'esprit , au bon
sens & à la bonne foi, est un phéno-
méne qui n'a pas encore eu d'existence.

Les *Essais* présentent une foule de
textes précis en faveur de la divinité du
Christianisme , & la franchise étoit le
caractere distinctif de celui qui les a
écrits. Comment pourroit-on la conci-
lier avec la fausseté qui lui auroit fait
faire , sur le point le plus essentiel , un
double personnage ?

Montaigne a reçu à Rome des Lettres de Bourgeoisie sous les yeux du Pape. Il a été nommé Maire de Bordeaux dans le temps qu'on ne donnoit cette place importante qu'aux plus grands Seigneurs. Il a été décoré du Cordon de St. Michel ; ce qui supposoit alors un mérite reconnu, ou la plus haute naissance. Eût-il reçu ces marques de distinction & de confiance, si ses écrits, qui étoient entre les mains de tout le monde, eussent attaqué la Religion ? & le Gouvernement, qui combattoit pour la maintenir, n'auroit-il pas craint de donner de nouvelles armes aux Protestans, s'il eût confié le soin de les réprimer à quelqu'un qui auroit été reconnu pour n'en avoir aucune ?

La mort de Montaigne fit une très-grande sensation dans la France & dans la République des Lettres. Peu de temps après, on lui éleva un mausolée sur lequel on grava une épitaphe grecque & une épitaphe latine qu'on y voit encore. Toutes deux attestent la pureté des sentimens de Montaigne sur la Religion, & la derniere dit expressément qu'il fut très-exact observateur des Loix de sa Patrie & de la Religion de ses peres : *patriarum Legum & Sacrorum avitorum retinentissimus.*

Si Montaigne avoit fait profession d'incrédulité, si ses écrits en eussent donné cette idée, eût-on contredit aussi ouvertement dans ses épitaphes l'opinion publique ? eût-on consigné, avec une espece d'affectation, dans des monumens qui devoient passer à la postérité la plus reculée, les témoignages de son orthodoxie ? Il faut convenir que ce fait n'a pas les plus légeres couleurs de la vraisemblance. Il est bien plus naturel de croire que les épitaphes de Montaigne ne le représentent comme un Philosophe chrétien, que parce qu'il en avoit donné les preuves les moins équivoques. Ses écrits inspiroient un respect profond pour la Religion. L'Auteur avoit vécu comme un homme du monde ; mais il avoit pensé sainement, & il avoit rempli avec exactitude les devoirs extérieurs de sa Religion. Il nous apprend lui-même, que quand il étoit menacé de quelque maladie dangereuse, il commençoit par mettre ordre à ses affaires & *à sa conscience*. Pendant le cours de celle qui le conduisit au tombeau, il conserva toute sa tête : il fut fidele à son systême philosophique, qui ne lui avoit jamais permis d'invoquer le secours de la Médecine ; mais il continua ses exercices de Religion. Se sentant plus mal, il voulut qu'on dît la Messe dans sa chambre ; & ce fut dans un effort qu'il fit pour se soulever, au moment de la consécration, qu'il rendit l'ame. Ce n'est pas là la conduite & la fin d'un Apôtre de l'incrédulité.

Les mœurs de Montaigne, sur lesquelles les incrédules appuient la prétendue conformité de ses idées avec leurs systêmes, ne servent qu'à fournir contre eux des armes victorieuses. L'irrégularité de la vie de Montaigne devoit lui faire souhaiter, ainsi que le desirent la plûpart de ceux qui suivent son exemple, qu'il n'y eût point de Religion. Cependant il n'a pu s'empêcher, comme on le verra bientôt, de lui rendre les témoignages les plus authentiques : il a donc fallu que les preuves lui en aient paru bien convaincantes.

Ne passons pas légérement sur une observation si importante. Les mœurs de nos peres n'étoient peut-être pas plus pures que les nôtres ; mais du moins ils ne cherchoient pas à les autoriser par des systêmes impies ; s'ils vivoient mal, ils pensoient bien. Aujourd'hui l'esprit se dégrade à proportion que le cœur se pervertit ; on a inventé des systêmes qui mettent l'homme le plus corrompu à son aise ; la Religion n'est plus que l'ouvrage des hommes, un frein que la politique laisse encore au peuple, en attendant qu'on en trouve un autre qui le remplace. Mais un esprit éclairé sait apprécier les choses. Le mal, comme mal, n'existe pas ; on peut le faire sans scrupule : il est même un bien, lorsqu'aucun inconvénient physique ne balance les avantages qu'il procure. Quiconque pense différemment est séduit.

Quiconque attache une idée à cette *foi* dont parloient nos peres, est un imbécille. Le Philosophe secoue le joug des préjugés ; il perce le voile & le déchire. Cette façon de penser, qui devient si fort à la mode, tournera-t-elle à notre avantage ? Il est difficile de se le persuader. Celui qui pense bien, même en faisant mal, n'est pas sans ressource : quand l'âge a amorti ses passions, il en trouve dans des lumieres qu'il a conservé pures. Mais quelle ressource reste à celui qui, en faisant le mal, ne croit pas même le faire ? Revenons à Montaigne.

Les textes qui prouvent que l'Auteur des *Essais* pensoit sainement sur la Religion, sont en très-grand nombre. En voici quelques-uns qui donneront à ce fait le dernier degré de l'évidence.

« L'Athéisme étant une proposition » comme dénaturée & monstrueuse, » difficile aussi & mal-aisée à établir » en l'esprit humain ; pour insolent & » déréglé qu'il puisse être, il s'en est » vu assez, par vanité & par fierté de

» concevoir des opinions non vulgaires
» & réformatrices du monde, en affecter
» la profession par contenance, qui,
» s'ils sont assez fols, ne sont pas assez
» forts pour l'avoir plantée en leur conf-
» cience. Partant, ils ne lairront pas
» de joindre leurs mains vers le ciel, si
» vous leur attachez un bon coup d'épée
» en la poitrine. . . . Autre chose est
» un dogme sérieusement digéré, autre
» chose ces impressions superficielles,
» lesquelles, nées de la débauche d'un
» esprit démanché, vont nageant té-
» mérairement & incertainement en la
» fantaisie. Hommes bien misérables &
» écervelés, qui tâchent d'être pires
» qu'ils ne peuvent. » *Essais de Montaigne*, *L.* 2, *ch.* 12.

« Dieu a laissé en ses ouvrages le
» caractere de sa divinité ; il ne tient
» qu'à notre imbécillité que nous ne le
» puissions découvrir. Il nous dit que
» ses opérations invisibles, il nous les
» manifeste par ses visibles. Elles nous
» instruisent, si nous sommes capables
» de l'entendre. » *Ibid.*

« Il ne faut mêler Dieu en nos actions,
» qu'avec révérence & attention pleine
» d'honneur & de respect. Cette voix
» est trop divine pour n'avoir d'autre
» usage que d'exercer les poumons &
» plaire à nos oreilles : c'est de la con-
» science qu'elle doit être produite, &
» non pas de la langue. » *Ibid.*

« Ce n'est pas en passant, & tumul-
» tuairement, qu'il faut manier une
» étude si sérieuse & vénérable (*des*
» *Livres faints*) ; ce doit être une ac-
» tion rassise, à laquelle on doit toujours
» ajouter cette Préface de notre Office,
» *Sursùm corda.* Ce n'est pas l'étude de
» tout le monde ; c'est l'étude des per-
» sonnes qui y sont vouées, que Dieu
» y appelle. Les méchans, les ignorans
» s'y empirent. Ce n'est pas une histoire
» à conter, c'est une histoire à révérer,
» craindre & adorer. » *L. 1, ch. 56.*

« O Dieu, quelle obligation n'avons-
» nous pas à votre bonté souveraine ,
» d'avoir logé notre croyance sur l'éter-
» nelle base de votre sainte parole! Tout
» est flottant entre les mains de l'hom-

» me. Je ne puis avoir le jugement fi
» flexible.... O la chofe vile & abjecte
» que l'homme, s'il ne s'éleve au deffus
» de l'humanité ! Et comment s'éle-
» vera-t-il, fi Dieu ne lui prête extraor-
» dinairement les mains ? Il s'élevera
» alors, abandonnant & renonçant à fes
» propres moyens, & fe laiffant hauffer
» & foulever par des moyens purement
» céleftes. C'eft à la Foi chrétienne, &
» non à la vertu ftoïque, de prétendre
» à cette divine & miraculeufe méta-
» morphofe. » *L. 2, ch. 12.*

« Il faut accompagner notre foi de
» toute la raifon qui eft en nous, mais
» toujours avec cette réfervation de
» n'eftimer pas que nos efforts & argu-
» mens puiffent atteindre à une fi fu-
» pernaturelle & divine fcience. » *Ibid.*

« Si nous tenions à Dieu par l'en-
» tremife d'une foi vive; fi nous tenions
» à Dieu par lui, non par nous ; fi
» nous avions un pied & un fondement
» divin, les occafions humaines n'au-
» roient pas le pouvoir de nous ébran-
» ler.... L'amour de la nouvelleté, la

» contrainte des Princes , la bonne for-
» tune d'un parti n'auroient pas la force
» de fecouer & altérer notre croyance ;
» nous ne la lairrions pas troubler à la
» merci d'un nouvel argument, non pas
» même de toute la Rhétorique qui
» fut oncques ; nous foutiendrions fes
» flots d'une fermeté inflexible & im-
» mobile.» *Ibid*. Nos Orateurs chrétiens s'expriment-ils avec plus de force
& d'énergie ? Voici d'autres paffages de
Montaigne qui ne font pas moins re-
marquables.

« Rien du nôtre ne fe peut rappor-
» ter à la nature divine, qui ne la tache
» & marque d'autant d'imperfections.
» Cette infinie beauté , puiffance &
» bonté , comment peut-elle fouffrir
» quelque correfpondance & fimilitude
» à chofe fi abjecte que nous fommes,
» fans un extrême intérêt & déchet de
» fa divine grandeur ! Toutefois nous lui
» prefcrivons des bornes ; nous tenons
» fa puiffance affiégée par nos raifons ;
» nous le voulons afservir aux apparen-
» ces vaines & foibles de notre enten-

» dement, lui qui a fait & nous & notre
» entendement. Parce que rien ne se
» fait de rien, Dieu n'aura pu bâtir le
» monde sans matiere ? Quoi, Dieu
» nous a-t-il mis en main les clefs &
» les derniers reſſorts de ſa puiſſance?
» s'eſt-il obligé à n'outre-paſſer les bor-
» nes de notre ſcience ? . . . Le corps
» humain ne peut voler aux nues. . . .
» L'homme ne peut être au ciel & en
» la terre. . . . C'eſt pour toi qu'il a fait
» ces regles ; c'eſt toi qu'elles attaquent.
» Il a témoigné aux Chrétiens qu'il les
» a toutes franchies, quand il lui a plu.
» Pourquoi, tout-puiſſant qu'il eſt, au-
» roit-il reſtreint ſes forces à certaines
» meſures ? En faveur de qui auroit-il
» renoncé ſon privilege? » *L. 2, ch. 12.*

Il eſt bon d'obſerver, en liſant ces paſſages, que l'objet du Livre de Montaigne ne l'engageoit nullement à parler de Religion, & qu'il ne s'eſt exprimé ſi fortement ſur ce ſujet, que parce que ſes paroles étoient les interpretes fideles de ſes penſées.

Ce Philoſophe, parlant des peines

réfervées au péché dans une autre vie,
dit que ce dogme nous paroîtra dou-
teux, fi nous l'examinons par la raifon ;
car, *ajoute-t-il*, « elle ne fait que four-
» voyer fur tout, mais fpécialement
» quand elle fe mêle des chofes divi-
» nes. » *Ibid.*

Montaigne ne reconnoiffoit pas moins
la néceffité de l'autorité de l'Eglife, que
la certitude de la Foi. « Encore que
» nous ayions donné à notre raifon (*ce*
» *font fes paroles*) des principes certains
» & infaillibles, encore que nous éclai-
» rions fes pas par la fainte lampe de
» la vérité qu'il a plu à Dieu nous
» communiquer, nous voyons pourtant
» journellement, pour peu qu'elle fe
» démente du fentier ordinaire, qu'elle
» fe détourne ou écarte de la route tra-
» cée & battue par l'Eglife, comme
» tout auffi-tôt elle fe perd, s'embar-
» raffe & s'entrave, tournoyant & flot-
» tant dans cette mer vafte, trouble &
» ondoyante des opinions humaines,
» fans bride & fans but : auffi-tôt qu'elle
» perd ce grand & commun chemin,

» elle se va divisant & dissipant en mille
» routes diverses. » *Ibid.*

« Il faut se soumettre en tout à l'au-
» torité de notre police ecclésiastique.
» Je le puis dire pour l'avoir essayé :
» ayant autrefois usé de la liberté de mon
» choix & triage particulier , mettant
» à côté certains points de l'observance
» de notre Eglise , qui semblent avoir
» un visage plus vain & plus étranger ;
» venant à en communiquer avec des
» hommes savans , j'ai trouvé que ces
» choses là ont un fondement massif &
» solide , & que ce n'est que bêtise &
» ignorance qui nous les font recevoir
» avec moindre révérence que le reste. »
Ibid.

Montaigne rapporte au chap. 26 du
premier Livre des *Essais* , plusieurs mi-
racles dont saint Augustin assure avoir
été témoin , ainsi que deux autres Evê-
ques ; & après avoir dit qu'il les croyoit,
d'après leur témoignage , il ajoute : « de
» quoi taxerons-nous ces saints Evê-
» ques ? sera-ce d'ignorance, simplesse,
» facilité , malice ou imposture ? Est-il

» homme en notre siecle, si impudent,
» qu'il pense leur être comparable, soit
» en savoir, jugement & suffisance ? Ne
» sont-ils pas de ceux dont Ciceron di-
» soit : *quand ils n'apporteroient aucune*
» *raison de leur croyance, leur autorité*
» *seule suffiroit pour me convaincre ?*
» C'est une hardiesse dangereuse, & de
» conséquence, de mépriser ce que nous
» ne concevons pas ; car après que, se-
» lon votre bel entendement, vous avez
» établi les limites de la vérité & du
» mensonge, il se trouve que vous avez
» nécessairement à croire des choses où
» il y a encore plus d'étrangeté qu'en ce
» que vous niez. » C'est cette réflexion
que les Apologistes de la Religion ne
cessent de répéter aux incrédules après
Montaigne. Vous ne voulez pas, leur
disent-ils, croire ce que la Religion vous
apprend, parce que vous ne pouvez le
comprendre, & en le niant, vous êtes
obligés de croire des choses cent fois
plus absurdes.

On ne finiroit pas, si on vouloit ex-
traire des *Essais* tout ce qui s'y trouve

en faveur de la Religion révélée. Un
dernier trait confirmera tout ce qu'on
vient de dire. Montaigne raconte l'hiftoire de cet homme qui, étant allé à
Rome, & ayant vu le débordement des
mœurs qui infectoit le Clergé & le peuple, s'en affermit davantage dans la
croyance du Chriftianifme, « confidé-
» rant combien il devoit avoir de force &
» de divinité, pour maintenir fa dignité
» & fa fplendeur parmi tant de corrup-
» tion, & en mains fi vicieufes ». C'eft
ainfi, quand on a de la foi, qu'on envi-
fage les événemens les plus propres, en
apparence, à l'ébranler. Et telle eft encore la réflexion de notre Philofophe :
« Si nous avions une feule goutte de
» foi, nous dit-il, nous remuerions les
» montagnes de leur place ; nos actions,
» qui feroient guidées & accompagnées
» de la Divinité, ne feroient pas fimple-
» ment humaines, elles auroient quel-
» que chofe de miraculeux comme no-
» tre croyance. » *L. 2, ch. 12.*

Ainfi s'eft exprimé celui qu'on accufe
d'avoir cherché à détruire le principe

de toute connoissance, d'avoir poussé la démence du Pirronisme au point d'avoir mérité qu'on lui donnât pour devise ces mots, *que sais-je?* comme s'il eût craint même d'assurer qu'il ne savoit rien. On est maintenant en état d'apprécier une imputation si odieuse & si fausse. Mais l'opinion que je combats est si accréditée, que je crois devoir mettre dans un plus grand jour le sentiment qui la détruit, & faire voir que toutes les faces sous lesquelles on peut l'envisager lui sont favorables.

L'erreur a mille routes. La vérité n'en a qu'une. Suivons-la, & nous verrons bientôt disparoître les nuages dont on a voulu obscurcir la réputation de Montaigne. On ne prend point ici le parti de ses mœurs (*a*) ; on ne parle que de sa façon de penser. Personne n'eut plus de droit que Montaigne au titre de Philosophe ; il l'avoit ac-

______

(*a*) Montaigne n'a pas vécu selon ses principes : la Philosophie qui l'a éclairé ne lui a pas ôté ses foiblesses, mais du moins il a eu la bonne foi d'en convenir.

quis par l'étude qu'il avoit faite des opinions de ceux qui l'avoient précédé dans cette carriere, & par ses propres réflexions. N'appercevant que des doutes & des erreurs dans ceux qui avoient paru consulter la raison avec le plus de soin, il en avoit conçu l'opinion la plus désavantageuse. Il ne laissoit passer aucune occasion de démontrer sa foiblesse, & de faire connoître l'illusion de ceux qui prétendent ne suivre d'autre guide. Loin de s'enorgueillir de sa raison, ainsi que la plupart des Philosophes, il en étoit presque humilié. Il ne croyoit pas pouvoir en dire trop de mal ; & semblable à ceux qui cherchant à redresser un arbre, le plient dans un sens contraire, *voulant*, disoit-il, *arracher des poings de l'homme les chétives armes de sa raison*, il sembloit la réduire au dessous d'elle-même.

Le mépris de la raison, poussé peut-être à l'excès dans Montaigne, ne l'a pas conduit néanmoins, ainsi que les Pirroniens, à ne rien croire ; il n'a servi qu'à lui faire mieux sentir la nécessité

de la révélation. Tant que l'homme,
pour nous fervir de fes expreffions, ne
loge pas fa croyance fur l'éternelle bafe
de la fainte parole, Montaigne le voit
courir çà & là, fans bride & fans but,
flottant fans ceffe dans la mer immenfe
des opinions. Il lui paroît la chofe du
monde la plus vile & la plus abjecte. Il
ne le voit s'élever & prendre de la con-
fiftance, qu'autant que Dieu lui prête
extraordinairement les mains, qu'il le
hauffe & le fouleve par des moyens céleftes; & c'eft la Foi chrétienne qui
feule lui paroît pouvoir opérer cette
divine & miraculeufe métamorphofe.

Mais Montaigne avoit-il reçu fans examen cette foi à laquelle il nous déclare
dans tant d'endroits de fes ouvrages,
qu'il fe foumet fans réferve? Qui auroit
pu l'empêcher de fe livrer à une dif-
cuffion que la Religion même n'a jamais interdite, & d'examiner fi fes
motifs de crédibilité font capables de
convaincre un homme raifonnable?
Pourquoi n'auroit-il pas approfondi
cette importante matiere avec le même

dépouillement de préjugé, la même bonne foi, la même vigueur de raisonnement qu'il montre dans l'examen de toutes les autres? Au surplus, ce n'est pas seulement sur de simples conjectures que nous pouvons décider ce fait. Ce Philosophe ne nous a point laissé ignorer que ce n'étoit qu'après un examen approfondi de ce qui révoltoit le plus son esprit dans la Religion, qu'il avoit cru devoir une égale soumission à tout ce qu'elle prescrit, que le *triage* lui avoit paru impossible, & n'étoit, à ses yeux, que l'effet de la bêtise & de l'ignorance.

On demandera sans doute comment quelqu'un qui étoit aussi convaincu de la divinité de la Religion, qu'on vient de représenter Montaigne, a pu mener une vie toute épicurienne; comme s'il n'y avoit pas de différence entre bien penser & bien faire. Est-il donc si rare de trouver des personnes dont les principes sont séveres & la conduite relâchée? Rien n'étoit plus commun autrefois que le caractere de Montaigne; &

il s'en faut bien que ceux qui l'ont remplacé faſſent plus d'honneur à notre ſiecle. Montaigne eſt un bon & loyal Gentilhomme, qui ſe croit permis de raconter ſes aventures, ſans en omettre la moindre circonſtance, & qui d'ailleurs eſt à toute épreuve ſur la probité & ſur la Religion. Il regarde ſur-tout le menſonge comme incompatible avec l'honneur. Il abhorre le menteur comme un être auſſi dangereux que vil, un ennemi de la ſociété, qui en diſſout le lien principal, & qu'on devroit punir du dernier ſupplice. « En vérité, *nous* » *dit-il, L. 1, ch. 9,* le mentir eſt un » maudit vice. Nous ne ſommes heu- » reux & nous ne tenons aux hommes » que par la parole. Si nous en connoiſ- » ſions l'horreur & le poids, nous le » pourſuivrions à feu plus juſtement que » d'autres crimes. » Taxerons-nous d'un menſonge perpétuel celui qui a ſi énergiquement caractériſé le menſonge ?

C'eſt la franchiſe & la bonhommie à qui Montaigne doit principalement ſa réputation. Un homme dont le com-

merce étoit sûr, l'esprit orné, l'imagination inépuisable, & les expressions pit-
toresques, qui savoit beaucoup, & qui
mettoit dans ce qu'il disoit tout l'intérêt possible, devoit être d'une société
charmante, & faire les délices des cer-
cles. Ses écrits nous ont conservé la plus
grande partie de lui-même. « Quel bon-
» homme que Montaigne, *dit l'Abbé*
» *de Villiers*, dans ses *Réflexions sur les*
» *défauts d'autrui* ! tout est exquis dans
» ses pensées, tout est simple dans ses
» expressions. Quand on le lit, on croit
» l'entendre parler au coin de son feu ;
» & cependant où trouve-t-on tant de
» solides réflexions & des tours plus
» propres à mettre une pensée dans son
» jour ? On est rejoui, on est frappé en le
» lisant ; on a plus d'esprit après l'avoir
» lu. Son Livre plaira toujours, parce
» qu'on y trouvera la nature & le vrai. »

La plupart des Ecrivains qui ont
parlé des *Essais*, n'en ont pas porté un
jugement moins favorable. Cet ouvrage
n'est pas sans défaut ; tout ce qui sort
de la main des hommes porte l'em-

preinte de leur foiblesse ; mais le fond en est admirable. Il faut même avoir une certaine solidité dans l'esprit pour en faire une lecture suivie , & c'est alors qu'on ne peut s'empêcher d'en concevoir la plus haute estime. Quoique Montaigne fasse si peu de cas de la raison , celle qu'il avoit reçue de la nature n'en étoit pas moins d'une trempe supérieure , & on auroit pu dire d'elle ce qu'on a dit de l'imagination de Mallebranche, qu'elle obligeoit un ingrat.

Un fait certain, sur lequel on ne craint pas d'être démenti par ceux qui ont médité les *Essais* de Montaigne , c'est qu'il n'est pas possible de se nourrir de cette lecture sans en devenir meilleur , tant l'homme chrétien, l'homme honnête , l'homme vrai, percent à chaque page. Et que dirai-je de ces hommages si touchans que la beauté de la vertu semble arracher à l'Auteur (2) , & qui

---

« (2) Si la volupté , *dit Montaigne* , signifie quelque
» plaisir suprême , quelque contentement excessif, on
» le doit plutôt à la vertu qu'à toute autre chose. Cette
» volupté qu'elle procure, pour être mâle & robuste,

devoient rendre bien amers les sacrifices qu'il faisoit à sa foiblesse. Aussi le Cardinal du Perron, dont on connoît l'esprit & l'érudition, n'a fait aucune difficulté d'appeller les *Essais* de Montaigne, *le Breviaire des honnêtes gens*, sans craindre de compromettre son état & son caractere en employant une expression si énergique.

Le préjugé qui fait regarder Mon-

» n'en est que plus véritablement voluptueuse. Quant
» à cette autre volupté plus basse, qu'on lui donne, si
» l'on veut, le nom de plaisir, je ne m'y opposerai pas,
» pourvu qu'on le conserve au sentiment que la vertu
» nous cause; & si nous y regardons de près, nous trou-
» verons que cette autre passion, d'où naît la volupté,
» éprouve plus d'incommodités & de désagrémens que
» la vertu, & que si celle-ci a ses peines, l'autre a
» également ses veilles, ses jeûnes, ses travaux, & *la*
» *sueur & le sang*; qu'elle tranche l'ame d'une toute
» autre maniere, & que sa satiété est si lourde,
» qu'elle équivaut à pénitence. La vertu, *dit encore*
» *Montaigne*, n'est pas, comme l'Ecole nous la pré-
» sente, plantée à la tête d'un mont coupé, raboteux
» & inaccessible; ceux qui l'ont approchée la tiennent,
» au contraire, logée dans une plaine belle & fertile.
» Quiconque en sait bien l'adresse peut y arriver par
» des routes agréables & jonchées de fleurs. Ainsi la
» peignent ceux qui l'ont pratiquée, belle, triomphante,
» délicieuse, courageuse, ennemie irréconciliable de

taigne comme un Philosophe sans religion, a deux sources. La premiere est
une ignorance grossiere qui prend pour
ses sentimens des objections qu'il réfute.
Raymond de Sebonde, Espagnol, avoit
fait un traité en faveur de la Religion.
Montaigne le traduisit en françois. Cet
ouvrage eut des contradicteurs. Ils pré-
tendoient que la Religion étoit inutile
à l'homme, parce que la raison suffisoit

» la tristesse, du déplaisir, de la crainte & de la con-
» trainte, ayant nature pour guide, fortune & volupté
» pour compagnes. Ce sont ceux qui n'ont pas eu la force
» de l'atteindre qui ont fait son image sotte, triste, que-
» relleuse, & l'ont placée sur un rocher escarpé à l'écart,
» au milieu des ronces & des épines. *L.* 1, *chap.* 25.

On convient qu'il y a dans Montaigne des traits d'histoire & des expressions qui choquent nos oreilles, deve-
nues l'asyle de la délicatesse à proportion que nous l'avons
bannie de nos cœurs; mais ces expressions & ces naivetés
ne blessoient pas son siecle comme le nôtre. Les Orateurs
sacrés ne dédaignoient pas eux-mêmes d'en faire usage,
lorsqu'elles leur paroissoient propres à rendre plus fortement leurs idées. Jamais on ne prouvera que Montaigne ait eu intention d'inspirer l'amour du vice.
Pourquoi lui feroit-on un crime de parler comme on
parloit de son temps? Ce seroit ici le lieu d'approfon-
dir un objet intéressant sur lequel il regne bien des
préjugés, & d'établir les regles propres à distinguer la
vraie décence de celle qui n'en a que les apparences.

pour le conduire. Montaigne attaqua ce raisonnement, qu'il appelle une *fré-néfie*. « Le moyen, *dit-il*, qui me fem-
» ble le plus propre pour la rabattre,
» c'eft de froiffer & de fouler aux pieds
» l'orgueil & l'humaine fierté, leur faire
» fentir la vanité & inanité de l'homme,
» leur arracher des poings les chétives
» armes de leur raifon, leur faire baiffer
» la tête, & mordre la terre fous l'auto-
» rité & révérence de la Majefté divine.»
Enfuite il entre en matiere, & prétend que la raifon humaine eft foible & in-fuffifante, parce que fi l'on interroge ceux qui ont paru la confulter avec le plus de foin, on trouvera que les uns ont nié ce que les autres ont regardé comme inconteftable. Il prouve par une foule d'exemples, dans lefquels il rap-porte les argumens des Sceptiques, qu'il n'exifte peut-être pas une vérité qu'on n'ait tenté de détruire ; & il en conclut qu'il n'y a que la Religion dont les lu-mieres foient capables d'éclairer l'hom-me, puifque la raifon, abandonnée à elle-même, ne lui offre que doute &

qu'incertitude. Voilà les fondemens de l'opinion qui nous préfente Montaigne comme le Pirronien le plus décidé. Il a démontré invinciblement la néceffité de la Religion, & c'eft fur fa démonf-tration même qu'on l'accufe de ne rien croire. C'eft ainfi que nous formons nos jugemens. Une telle anecdote eft bien humiliante pour l'efprit humain ; elle manquoit encore à fon hiftoire.

L'envie de décorer le parti de la nou-velle Philofophie d'un nom célebre, n'a pas moins contribué que l'ignorance des véritables fentimens de Montaigne, à accréditer fon irréligion prétendue. Quand on a formé le projet de détruire la Religion, un des premiers pas qu'il eft naturel de faire, eft de foutenir qu'elle n'a jamais eu de partifans parmi ceux qui, cherchant de bonne foi la vérité, ont écarté avec foin ce qui pouvoit leur en dérober la connoiffan-ce. Montaigne, confidéré fous ce point de vue, n'a pas dû être indifférent à ces Philofophes qui prétendent ne par-ler que le langage d'une raifon épurée, car personne n'a eu moins de préjugés, plus d'esprit & plus de franchise. Mais si l'irreligion prétendue de Montaigne a été un sujet de triomphe pour les incrédules, le sentiment contraire étant démontré, doit déposer contre leur systême. En citant désormais Montaigne, on aura une nouvelle raison de dire, qu'avec du bon sens, de la sincérité, de l'esprit & des connoissances, il est impossible de ne pas rendre à la Religion ses hommages.

F I N.

De l'Imprimerie de Simon de la Court, seul Imprimeur du Roi, rue du Cahernan, à Bordeaux.

www.ingramcontent.com/pod-product-compliance
Lightning Source LLC
LaVergne TN
LVHW021800060726
842528LV00003B/1048